Christa Gustson

Das Leben von FRED

Ein Buchprojekt des Regionalverbandes Köln/Leverkusen/Rhein-Erft der Johanniter-Unfall-Hilfe

Bibliografische Information der Deutschen Nationalbibliothek
Die Deutsche Nationalbibliothek verzeichnet diese Publikation in der Deutschen
Nationalbibliografie, detaillierte bibliografische Daten sind im Internet über
https://portal.dnb.de/ abrufbar.

1. Auflage
© J.P. Bachem Verlag, Köln 2024
Text: Christa Gustson
Fotografien: Christa und Holger Gustson
Lektorat: Christina Schupetta
Layout: Svenja Klein
Druck: Livonia Print, Lettland

ISBN 978-3-7616-3485-1

Aktuelle Programminformationen finden Sie unter:
www.bachem.de

Christa Gustson

Das Leben von FRED

J.P. Bachem Verlag

Fred, der Bär, lebte in Köln, ganz in der Nähe vom Rhein. Er war zuverlässig und immer hilfsbereit. Fred war ein fröhlicher Bär und erzählte besonders gut Witze. Sein Bruder und seine Freunde liebten es, mit ihm zusammen zu sein. Denn mit ihm gab es immer kleine und große Abenteuer zu entdecken. Es wurde ihnen nie langweilig.

Fred war schon ziemlich alt. Manchmal merkte er, wie schwach sein Körper war, und es fiel ihm immer schwerer, auf Bäume zu klettern. Er wusste, dass er eines Tages sterben würde. Angst vor dem Tod hatte er aber nicht. Vielmehr wollte er noch viele schöne Dinge mit seinen Freunden erleben.

Das ist Fred, als er klein war. Er war ein richtig niedliches Bärenbaby. Sein Lieblingsspielzeug war die Rassel. Sein großer Bruder hieß Gustav, mit ihm konnte er herrlich spielen, raufen und toben.

Als großer Bruder war Gustav immer stärker als Fred, aber das machte ihm nichts aus. Auch ging Gustav schon zur Schule und manchmal durfte Fred ihn zusammen mit der Bärenmama abholen. Darüber freute sich Fred, denn Hauptsache die beiden waren zusammen.

Gustav spielte sehr gut Klavier. Oft saßen die Brüder zusammen auf dem großen Hocker und Fred schaute zu, wie Gustavs Tatzen über die Tasten flitzten. Noten brauchte Gustav nicht, er konnte alles auswendig spielen.

Wenn Fred sich ein Lied aussuchen durfte, dann wünschte er sich immer: „Auf der Mauer, auf der Lauer." Gemeinsam sangen die beiden so laut sie konnten und die Bärenmama musste über sie lachen.

Wenn Gustav Tonleitern übte, wurde Fred schnell langweilig. Dann holte er die anderen Musikinstrumente aus dem Schrank und machte seine eigene Musik. Mit Kastagnetten, mit der Triangel oder dem Xylofon. Sein Lieblingsinstrument war die große Trommel, mit der konnte er richtig Krach machen!

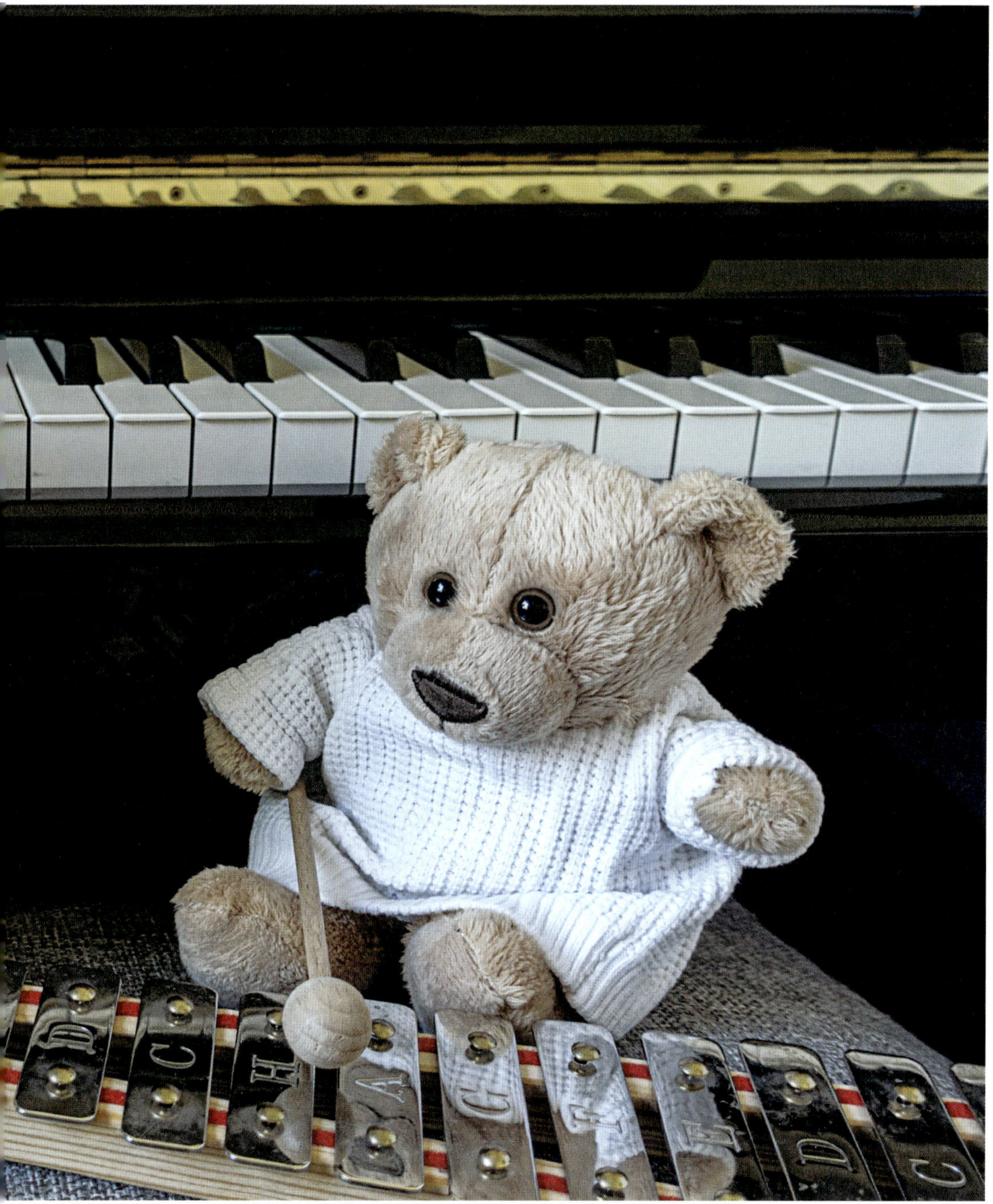
D
C
H
A
G
F
E
D
C

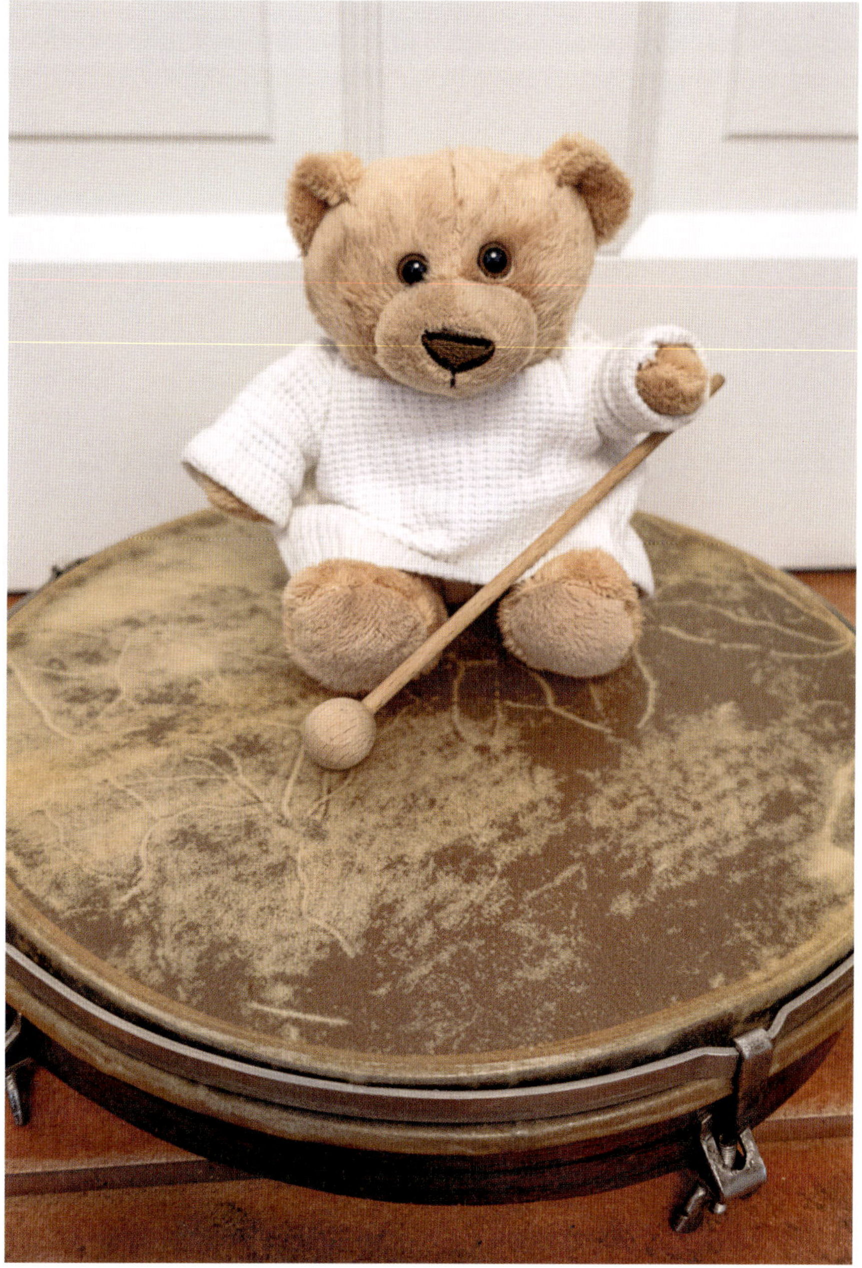

An sonnigen Tagen kletterten Fred und Gustav gemeinsam auf Bäume oder saßen stundenlang am Teich, um die Goldfische zu beobachten. Diese versuchten, mit ihren Fischmündern kleine Fliegen zu fangen, die auf der Wasseroberfläche tanzten.

Ab und zu kam auch die Kröte zum Vorschein. Sie war sehr scheu und erschreckte sich schnell. Dann plumpste sie ins Wasser und versteckte sich am Teichboden, bis sie kurz darauf wieder auftauchte, um Luft zu schnappen.

Wenn Gustav nach der Schule Zeit hatte, nahm er Fred in seinem Rutschauto mit. Dann flitzten die beiden durch den Garten und hatten jede Menge Spaß! Einmal fiel Fred dabei aus dem Anhänger und verletzte sich. Gustav klebte ihm ein Pflaster auf die kleine Wunde an seinem Knie und tröstete ihn mit einem Stück Schokolade.

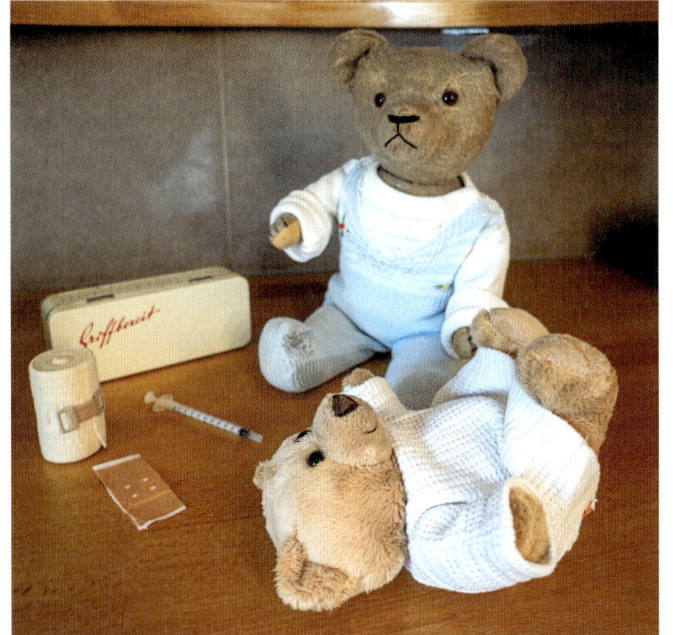

Als Fred größer wurde, spielte er gerne mit seinen Freunden am Rhein. Dort gab es immer etwas Neues zu entdecken und sie konnten zu den vorbeifahrenden Schiffen Geschichten erfinden. Die Freunde winkten den Schiffen zu und manchmal winkten die Reisenden zurück.

Als es einmal sehr heiß war, baute Fred mit Gustav ein Tipi aus Strandholz. Darin konnten sie wunderbar spielen und es war schön schattig!

An manchen Tagen ging Fred auch allein an den Rhein und sammelte mit einem Eimer Müll auf. Besonders nach einem Hochwasser fand er viel Unrat: Schuhe, Flaschen und Dosen. Nach kurzer Zeit hatte er einen großen Berg gesammelt.

Es ärgerte ihn, dass die Menschen ihren Abfall einfach in den Rhein warfen. Dafür gab es doch Mülleimer!

Abends hatte Fred oft Besuch von seinen Freunden. Er wartete gerne auf der großen Bank neben der Haustür auf sie und freute sich, wenn sie endlich da waren.

Für seine Freunde war Fred der beste Pizzabäcker der Welt. Zur Pizza gab es bei ihm immer eine köstliche Limonade.

Bevor Fred zu Bett ging, schaute er gerne noch einmal aus dem Fenster. Vor allem bei Vollmond, wenn der Mond groß und rund war.

Dann erinnerte er sich an all die kleinen und großen Abenteuer, die er am Tag mit seinen Freunden gemeistert hatte. Und er hatte viele gute Freunde.

Da gab es seine Freundin Daggi, die Dachsfrau. Sie kannte Fred schon, seit er ein Baby war. Damals lag er am liebsten mit Daggi im Bett und träumte. Oder sie erzählte ihm spannende Geschichten.

Ganz besonders mochte Fred, wenn Daggi ihm sein Lieblingsbuch „Mein Esel Benjamin" vorlas.

Mit seinem Freund Anton, dem Affen, war Fred gerne im Garten, denn Anton wusste viel über Pflanzen und Insekten. Im Frühjahr staunten die beiden über die riesigen Rhabarberblätter. Anton backte den allerbesten Rhabarberkuchen. Fred half ihm dabei und zwischendurch naschten sie von dem leckeren Teig!

Dann gab es Paula, die Pinguinfrau, und ihre Tochter Philine. Philines Papa hatte die Familie verlassen. Als guter Freund half Fred Paula beim Einkaufen und bei der Gartenarbeit.

Genau wie Fred liebte Paula die Natur. Am liebsten waren die drei daher am See. Hier tauchten Philine und Paula ins Wasser ab und schwammen den ganzen Tag!

Paula, Philine und Fred fuhren zusammen in Urlaub und kletterten auf hohe Berge. Von hier oben sah die Welt so klein aus. Auf dem Gipfel ruhten sie sich aus und bei einer Brotzeit erzählten sie sich Geschichten aus ihrem Leben. Fred erklärte Philine, was man mit einer Pusteblume macht. Sie konnte die Blüten einfach wegpusten! Und bei einem gemeinsamen Inselurlaub aßen die drei Kokosnüsse.

Als Fred alt wurde, war er oft müde und das Aufstehen fiel ihm schwer. Am liebsten saß er jetzt auf seinem Bett oder er schlief. Krankenschwester Bruni kam Fred jeden Tag besuchen und schaute nach ihm.

Erst half sie ihm aus dem Bett, aber als sie merkte, dass Fred immer schwächer wurde, setzte sie sich an sein Bett, hielt seine Hand und hörte ihm zu. Er liebte es, von den vielen Abenteuern zu plaudern, die er mit Gustav und seinen Freunden erlebt hatte.

Mit der Zeit wurde Fred immer müder, aber es machte ihm nichts aus, denn sein Bett war gemütlich. Wenn er in seinem Schlafsack auf dem Bett lag, machte er das Licht aus und lauschte Geschichten oder Musik.

Als Fred nicht mehr aufstehen konnte, holte Bruni Handtücher und eine Schüssel mit warmem Wasser, um ihn im Bett zu waschen.

Oft war es Fred jetzt kalt, dann kuschelte Bruni ihn in eine warme Decke. Wenn er an seine Freunde dachte und an die gemeinsamen Abenteuer, fühlte er sich alt und müde. Wie schön wäre es, noch einmal mit den anderen einen Ausflug zu machen, auf Bäume zu klettern oder einen Kuchen zu backen.

Aber seine Beine hatten keine Kraft mehr, um aufzustehen. Als Fred so schwach wurde, dass er nicht mehr sprechen konnte, setzte sich Bruni zu ihm an sein Bett und war ganz still.

Eines Tages starb Fred. Er lag zu Hause in seinem Bett. Bruni zog ihm seine geliebte Lederhose mit den Hosenträgern und sein kariertes Hemd an. Sein Bruder Gustav und seine Freunde kamen, um sich zu verabschieden. Gustav und Anton brachten Blumen aus dem Garten mit, Daggi zündete eine Kerze an und Philine sang mit Paula Lieder, die sie mit Fred im Urlaub gesungen hatten. Als sie traurig wurden, erzählten sie von ihren Erlebnissen mit Fred. Das gab ihnen Kraft und Mut.

Jeder von ihnen hatte seine eigene Erinnerung an ihn und jeder hatte von Fred etwas über das Leben gelernt. Auch wenn er nicht mehr für sie da sein konnte, trugen sie alle ein Geschenk von ihm im Herzen: die Freundschaft mit Fred, dem Bären.

Die Autorin

Christa Gustson ist Krankenschwester und arbeitete 16 Jahre als Palliativ-fachkraft in einem Hospiz. Seit 2021 ist sie Koordinatorin für Ehrenamtliche im ambulanten Hospizdienst der Johanniter im Kölner Süden. Während ihrer langjährigen Tätigkeit hat sie häufig erlebt, dass es schwerstkranken Menschen oder auch deren Angehörigen schwerfällt, mit Kindern über die Themen Sterben, Abschied und Trauer zu sprechen. Dieses Buch soll dazu beitragen, dass Kinder und ihre Begleiter die Möglichkeit haben, über die Themen ins Gespräch zu kommen.

„ Dieses Buch ist meinen vier Töchtern Lucilla, Jule, Josephine, Farina, meinen beiden Enkelinnen Ida und Freya sowie allen zukünftigen Enkelkindern gewidmet.

Auf das sie und alle Kinder dem Thema Tod leichter, aber auch mutiger begegnen können. **„**